QUERIDOS AMIGOS Y AMIGAS ROEDORES, BIENVENIDOS AL MUNDO DE

Geronimo Stilton

EL ECO DEL ROEDOR
REDACCIÓN

GERONIMO
STILTON

Geronimo Stilton

EL MISTERIO DE LAS SIETE MATRIOSKAS

DESTINO

Textos de Geronimo Stilton
Inspirado en una idea original de Elisabetta Dami
Dirección artística: Iacopo Bruno
Cubierta de Andrea Da Rold (diseño) y Christian Aliprandi (color)
Diseño gráfico: Andrea Cavallini / theWorldofDOT
Ilustraciones páginas iniciales y finales: Roberto Ronchi (diseño) y Ennio Bufi MAD5 (diseño pág. 123), Studio Parlapà y Andrea Cavallini (color)
Mapa: Andrea Da Rold (diseño) y Andrea Cavallini (color)
Ilustraciones de la historia de Danilo Loizedda (diseño) y Christian Aliprandi (color)
Coordinación artística de Roberta Bianchi
Asistencia artística de Lara Martinelli y Elisabetta Natella
Gráfica de Yuko Egusa, Chiara Cebraro y Paolo Zadra

Título original: *Il mistero delle sette Matrioske*
© de la traducción: Manel Martí, 2018

Destino Infantil & Juvenil
infoinfantilyjuvenil@planeta.es
www.planetadelibrosinfantilyjuvenil.com
www.planetadelibros.com
Editado por Editorial Planeta, S. A.

Primera edición: noviembre de 2018
ISBN: 978-84-08-19618-1
Depósito legal: B. 20.170-2018
Impreso en España - Printed in Spain

El papel utilizado para la impresión de este libro es cien por cien libre de cloro y está calificado como **papel ecológico**.

¡Una tempestad llegada de Rusia!

Era una gélida mañana de diciembre cuando empezó TODO.

¿TODO qué?

Pues ¡TODO, TODO!

Aún diría más, ¡TODO, TODO, TODO!

Pero vayamos por orden, primero me presentaré: me llamo Stilton, *Geronimo Stilton*, y dirijo *El Eco del Roedor*, ¡el periódico más *famoso* de la Isla de los Ratones!

¿Sabéis por qué voy vestido así?

Ahora os lo explicaré…

Como iba diciendo, todo comenzó una gélida mañana de diciembre, ¡tan GÉLIDA que mientras caminaba hacia la oficina se me formaron carámbanos en los bigotes! Y es que, en efecto, la previsión meteorológica había anunciado para aquel día una TEMPESTAD de nieve proveniente de Rusia. Y al cabo de poco la tempestad llegó, ¡vaya si llegó!

Pero procedamos por ORDEN...

Estaba trabajando muy CALENTITO en mi despacho, cuando entró mi abuelo Torcuato Revoltosi, alias Panzer, bramando:

—¡GERONIMO, TIENES QUE APRENDER RUSO!

—¿Ruso? —chillé—. ¿Y eso por qué?

—¡A ti siempre hay que explicártelo todo! —resopló el abuelo—. Verás, he pensado que debe-

ríamos vender los **libros** de nuestra editorial en Rusia. Así pues, hay que traducirlos al ruso…

—Pero abuelo, ¿no sería mejor que los tradujese un traductor **PROFESIONAL**? —repliqué.

—¡Nieto, veo que no te enteras de **NADA**, de nada de nada, de **NADA EN ABSOLUTO**! —me respondió a gritos—. ¿Por qué pagarle a otro cuando tú puedes hacerlo *gratis*? ¡¡¡Toma, aquí tienes un curso de lengua **RUSA** ultracom-

pleto en 101 volúmenes!!! ¡Me ha costado una fortuna, así que apréndelo **BIEN** y **RÁPIDO**! ¡¿Entendidooooo?!

—Pero abuelo, ¡no lo lograré nunca, es realmente imposible!

—¡Nieto, no quiero oírte decir que es **«IMPOSIBLE»**! ¡La palabra «imposible» no existe en mi vocabulario!

STILTONC*ITO*, ¿ME HARÍAS UN FAVORC*ITO*-*ITO*-*ITO*?

Resignado, me puse a estudiar, estudiar, estudiar, estudiar... **¡QUÉ AGOTAMIENTO!**

De pronto sonó el teléfono: ¡era mi amigo el investigador **Metomentodo Quesoso**!

¡Metomentodo Quesoso!

Es el amigo investigador de Geronimo, se conocen desde que iban a la guardería y ya entonces Metomentodo no paraba de gastarle bromas. Ahora dirige la Agencia de Detectives Quesoso.

—Geronim*ito*, alguien me ha soploncionado* que estás aprendiendo ruso... Y, mira por dónde, yo debo partir para realizar una MISIÓN secretísima a Moscú, la capital de Rusia. ¡Y necesito que alguien me haga de intérprete, y que sea un amigo DE CONFIANZA! En resumen, te necesito, Geronim*ito*, ¿me acompañas?

—Pero ¡si aún no sé ruso! ¡Ni siquiera sé si seré capaz de aprenderlo! Es una lengua interesante pero COMPLEJA y...

—¡Vale, vale, deja ya de pamplinear,** Geronim*ito* —me cortó él—, te espero en el aeropuerto dentro de una hora! ¡Y no te PREOCUPES, yo me encargo de las provisionc*itas* de bananillas!

—¡No puedo ir contigo, Metomentodo! —chillé EXASPERADO—. Tengo que dirigir el periódico, ¡y, además, he de aprender ruso!

—¡Geronim*ito*, te lo ruego —me imploró él—, haz un esfuerc*ito* por tu amigu*ito* de infancia Me-

*Soploncionar: *chivarse de algún secreto*, en la jerga de Metomentodo.

**Pamplinear: *perder el tiempo*.

tomentod*ito*! Necesito a alguien en quien pueda confiar, es una misión SECRETÍSIMA de la que no puedo hablar con nadie más…

Los que me conocen saben que nunca abandono a un amigo en DIFICULTADES, de modo que me rendí, suspiré y dije:

—¡De acuerdo, Metomentodo, me has convencido, te acompañaré!

Corrí a casa y empecé a hacer la maleta o, mejor dicho, las MALETAS, porque en la guía turística ponía que en MOSCÚ en invierno el termómetro podía bajar a menos 30 grados…

¡*Por mil quesos de bola*, necesitaría mucha ropa y muy muuy muuuy CÁLIDA!

Decidí que me vestiría «estilo cebolla», es decir, con muchísimas capas una encima de otra, por si acaso…

CONTRASEÑA: VESTIRSE ESTILO CEBOLLA

El misterio de las siete matrioskas

Me encontré con Metomentodo en el aeropuerto.

—¡Geronim*ito*, gracias por acompañarme en este viajec*ito*, eres un verdadero AMIGUITO! —y me pellizcó la cola—: Pero recuerda, deberás estar atent*ito-ito-ito* y tendrás que traducirlo todo con mucho cuidad*ito-ito-ito*… y en voz baja, nadie debe oírlo, es un SECRETO, ¿comprendes?

—¡No me PELLIZQUES la cola! —grité—. Y en lo que respecta al ruso, haré lo que pueda, pero no garantizo nada, te recuerdo que apenas he empezado a estudiarlo…

Pero él ya me estaba EMPUJANDO para que subiera la escalerilla del avión.

*Aguza las pantallas acústicas: *escucha con atención.*

Entonces, cuando ya estábamos volando, le pregunté INTRIGADO:

—Dime, ¿de qué misión se trata esta vez?

Él me SUSURRÓ al oído:

—¡Aguza bien las pantallas acústicas,* porque voy a contarte el misterio de las SIETE MATRIOSKAS! Ayer me llamó un tal Boris Ratonoff, un famoso coleccionista de matrioskas…

EL MISTERIO DE LAS SIETE MATRIOSKAS

El conde Boris Ratonoff, el anticuario más célebre de la Isla de los Ratones, me llamó para pedirme ayuda para un caso secretísimo... ¡Me dijo que yo soy el detective privado más famoso de la Isla de los Ratones! ¡Él sí que entiende del tema! 1

2 Boris heredó el tocador de Catalina la Grande, su bisabuela, la condesa Ivanka, una roedora de Moscú. Ella también sentía pasión por las matrioskas y comenzó una espléndida colección que Boris ha continuado.

3 Mientras restauraba el tocador (que contenía material de costura), Boris halló un doble fondo.
Allí, oculto, había un pergamino sellado que contenía un mensaje secreto... ¡Hablaba de siete matrioskas muy valiosas, escondidas en el corazón de Moscú!

¡Es una misión secretísima-ísima-ísima!

4 ¡Ratonoff me ha pedido que busque las siete matrioskas, una tras otra, porque las quiere a toda costa para su colección! ¿¿¿Lo has entendido, Geronim*ito*???

Una vez Metomentodo acabó de explicarme aquel nuevo caso misterioso, me preguntó:

—¿Entiendes algo de matrioskas?

—Ejem, yo, la verdad...

—Pues deberías saber que las **MATRIOSKAS** son famosísimas en Rusia. ¡Enfoca bien los ojitos, Geronim*ito*!

Y me plantó delante un libro sobre la historia de las matrioskas.

En el interior del libro había una fotografía de Boris Ratonoff, el mayor COLECCIONISTA de matrioskas de la Isla de los Ratones.

Y también había una fotografía de una roedora muy, muuy, muuuy atractiva: alta y delgada, con una larguísima melena rubia y unos bonitos ojos azules como el hielo.

La historia de las matrioskas

La **matrioska** es una muñeca de madera que contiene en su interior otras muñecas idénticas, cada vez más pequeñas. La muñequita más pequeña se llama «semilla» y la más grande «madre». Es un típico souvenir ruso y casi se ha convertido en un símbolo de este país.

La primera matrioska la inventó a finales del siglo XIX **Savva Mamontov**, un rico coleccionista de arte que también adquiría juguetes de madera de todo el mundo. Un día dio con una pequeña estatuilla de un viejo sabio, que contenía en su interior otras cuatro estatuillas más pequeñas. Se dice que Mamontov se inspiró en esta antigua estatuilla para construir la primera matrioska.

En la Isla de los Ratones, los mayores coleccionistas de matrioskas son **Boris Ratonoff** y su famosa rival **Anastasia Ratonatzzzova**, una atractiva roedora rusa.

¡Llevaba un precioso vestido de seda color rojo fuego y parecía una actriz de cine!

Pregunté fascinado:

—Mmm, ¿quién es esta BELLÍSIMA roedora?

—Ah, veo que ya has enfocado tus ojitos sobre ella, ¿eh? —dijo Metomentodo—. ¡Es Anastasia Ratonatzzova, la gran rival de Boris Ratonoff! ¡Siempre compiten por descubrir las matrioskas más VALIOSAS! —y a continuación leyó en voz alta una página del libro—: «¡Anastasia Ratonatzzova es una riquísima heredera, fue MISS RUSIA durante tres años consecutivos, CAMPEONA olímpica de patinaje artístico y cinturón negro de kárate! ¡Practica paracaidismo y tiene cinco licenciaturas! ¡Y habla siete idiomas! Pero su gran PASIÓN es coleccionar matrioskas: ¡¡¡es la coleccionista más importante de Rusia!!!»

Todas las facetas de Anastasia Ratonatzzova

Famosa coleccionista

Riquísima heredera

Miss Rusia

Campeona de patinaje artístico

Practica paracaidismo

Tiene cinco licenciaturas y habla siete idiomas

¡¡¡MOSCÚ... AL FIN!!!

El viaje hasta Rusia fue larguísimo, pero por fin nuestro avión ATERRIZÓ en el aeropuerto de Moscú. En cuanto la azafata abrió la portezuela del avión, me llegó una ráfaga de VIENTO gélido que me heló los bigotes.

Al momento, Metomentodo me PELLIZCÓ la cola:

—Geronim*ito*, ten cuidad*ito*, porque en Moscú hace mucho frío…

Abrí la boca para decir «¿Ah, sí?», pero ¡la lengua se me congeló del FRÍO y se me puso AZUL, de modo que ya no pude responder!

Sólo me salió una especie de chirrido:

—¿CR CRCR CRCR CRC-SÍ?

¡¡¡Ahora tenía un CU-BITO de hielo en lugar de lengua!!!

Por suerte, Metomentodo me arrastró hasta un bar, me hizo tragar un té CALENTÍSIMO y la lengua se me descongeló al instante. ¡Era una TAZA gigante, de tres litros y medio!

GLUGLUGLUGLU GLUBBBB...

Pero como el té estaba hirviendo, ¡se me hinchó la lengua!

¡LA LENGUA SE ME QUEDÓ COMO UN CUBITO... AZUL!

¡PARA DESCONGELARLA, NECESITÉ UNA TAZA DE TÉ GIGANTE!

PERO COMO EL TÉ ESTABA HIRVIENDO, ¡SE ME HINCHÓ LA LENGUA!

—¿Geronim*ito*, va todo bien? —me preguntó Metomentodo algo preocupado—. ¡Te veo un poco descontrolizado!*

—¡*Ño ñogro hablañ bieñ... me he* ESCAÑADO *la leñgua*! —respondí.

Él me PELLIZCÓ la cola:

—¡No digas sintonisonadas** y pon a trotar*** la lengua, que has de empezar a TRADUCIR ruso para mí!

Justo en ese preciso instante, una vocecita aguda murmuró:

—BIENVENIDOS A MOSCÚ, AMABLES VISITANTES...

Me volví y vi que quien había hablado era una roedora anciana, BAJITA y REGORDETA, con un pañuelo de flores en la cabeza y un paraguas colgado del brazo. Tenía el pelo liso, de color gris ratón. Llevaba unas GAFAS gruesas, tras las cuales se entreveían unos ojos de

*Te veo un poco descontrolizado: *te veo alterado*.
**Sintonisonadas: *tonterías*. ***Pon a trotar: *haz funcionar*.

¡Bienvenidos a Moscú!

color azul hielo. Mmm, qué RARO, aquellos ojos me recordaban algo...

Pero no tuve tiempo de pensar en ello, porque la señora de la VOCECITA aguda gritó:

—¡Bienvenidos a Moscú! Me llamo KATRINA KORNAKKIOVA y soy su guía. Espero que les guste nuestra ciudad. Antes de empezar la GIRA turística, les hablaré un poco de Rusia...

Y a continuación me dijo:

—Disculpe, señor Stilton, pero ¿por qué está TEMBLANDO?

—Brrr... tengo un FRÍO felino —respondí—. ¡Espere, voy a comprarme un buen gorro cosaco!

—Je, je, je, ¿tiene frío, dice? —rio ella—. ¡Tarde o temprano se acostumbrará! ¡Todos se aclimatan, me refiero a los que no la PALMAN antes!

MOSCÚ

LA CIUDAD DE MOSCÚ

Moscú es una ciudad inmensa: con más de 10 millones de habitantes, es la **capital de la Federación Rusa**. Se extiende a orillas del **río Moscova** y es la sede de importantes actividades económicas.

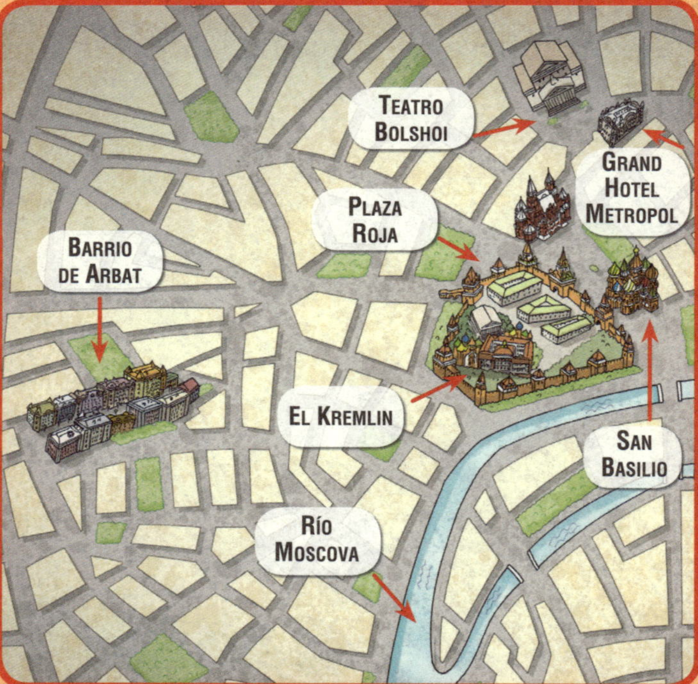

UN PASEO POR LA CAPITAL

Basta dar cuatro pasos por la ciudad para quedar fascinado por sus cúpulas de oro, los monumentos antiguos y también los maravillosos palacios. Éstos son los más famosos:

El Kremlin originariamente era una fortaleza de madera. En sus murallas, de unos 2 kilómetros de longitud y hasta 19 m de altura, se alzan 20 torres, cada una con su propio nombre.

La **catedral de San Basilio** es **famosísima** por sus cúpulas de colores que dominan la **Plaza Roja**.

¡Entre otros atractivos cabe destacar el **metro** de Moscú, decorado con mármol, lámparas tintineantes y mosaicos dorados!

Una curiosidad: cuando no está cubierta de nieve, ¡Moscú es una de las ciudades más **verdes** del mundo! Tiene 96 parques y 18 jardines, 4 de ellos son botánicos con gran variedad de plantas.

¡STILTONC*ITO*… MENTIROS*ITO-ITO-ITO*!

En cuanto nuestra guía acabó de hablarnos de Rusia, Metomentodo volvió a sacar el PERGAMINO escrito en ruso.

—¡Adelante, Stiltonc*ito*, concéntrate y traduce!

ALFABETO CIRÍLICO

Cirílico		Trad. latina	Cirílico		Trad. latina
А	а	a	С	с	s
Б	б	b	Т	т	t
В	в	v	У	у	u
Г	г	g	Ф	ф	f
Д	д	d	Х	х	ch
Е	е	je	Ц	ц	c
Ё	ё	jo	Ч	ч	tch
Ж	ж	zh	Ш	ш	sch
З	з	z	Щ	щ	stch
И	и	i			
Й	й	iè	ъ		(signo fuerte)
К	к	k	ы		y
Л	л	l	ь		(signo débil)
М	м	m			
Н	н	n	Э	э	e
О	о	o	Ю		ju
П	п	p	Я		ju
Р	р	r			

Miré aquellos extraños caracteres *(¡la lengua rusa utiliza un alfabeto* **DISTINTO** *del nuestro, el alfabeto cirílico!)* y traté de descifrar qué querían decir.

Hojeé **FRENÉTICAMENTE** mi diccionario y traté de traducir:

—Ejem, yo diría que pone… a ver… más o menos… así por encima… aproximadamente… «en primavera **NIEVAN** manzanas sobre la mesa». O bien, «en la casa con tanto frío las alubias **HIERVEN**»... O tal vez, «la bañera está llena de **HORMIGAS**»... ¡¡¡Uf!!! Escucha, Metomentodo, ¿no sería mejor que nuestra guía tradujera el pergamino?

Metomentodo me **PELLIZCÓ** la cola:

—Pero Stiltonc*ito*, ¿es que no te enteras de nada? ¡Esta **MISIÓN** es secretísima-ísima-ísima! ¡No podemos ir contando nuestras cos*itas* a diestro y siniestro! ¡Stiltonc*ito*, estoy desilusionad*ito-ito-ito*,

*Geronimo, escrito en cirílico.

habías dicho que dominabas el ruso a la perfección y ahora me vienes con estas **BROMITAS**! ¡Eres un mentiros*ito-ito-ito*… o, peor aún, un trolerista!*

—¡No soy ningún **MENTIROSITO**, ni tampoco un trole… lo que sea! —protesté—. ¡Ya te dije que estaba empezando a **ESTUDIAR** ruso! Pero ¡tú no me escuchas nunca!

*Trolerista: *embustero.*

Al final Metomentodo se rindió y después le preguntó a Katrina Kornakkiova:

—Señorita, ¿podría traducirlo? Pero ¡no se lo diga a NADIE, es un secreto!

Los ojos de la Kornakkiova desprendieron un brillo **MALICIOSO** *(¡a saber por qué!)*. Esbozó una sonrisa burlona y tradujo el pergamino al instante:

—SIETE SON LAS MATRIOSKAS FAMOSAS,
LAS MÁS BELLAS, LAS MÁS PRECIOSAS.
SI LAS QUIERES ENCONTRAR,
A MOSCÚ DEBERÁS LLEGAR.
¡A LA PRINCESA DE LOS SUEÑOS BUSCARÁS
Y EL MOSAICO DEL HOTEL OBSERVARÁS!
PERO ¡CUIDADO!: TENDRÁS QUE TREPAR,
¡A VER SI AÚN TE LA VAS A PEGAR!

Metomentodo me preguntó en voz baja:

—Venga, Geronim*ito*, tú eres el **EXPERTO** en Rusia: ¿dónde está esa **PRINCESA DE LOS**

SUEÑOS? ¿Qué pinta un **MOSAICO** en esta historia? ¿Y de qué HOTEL se trata? ¡Dímelo enseguida, Geronim*ito*!

—¡No lo sé! —grité—. ¡Ya te he dicho y repetido que **NO** soy un experto en Rusia, apenas acabo de empezar a estudiar ruso!

Kornakkiova comentó, sin disimular una risita:

—¡Ji, ji, ji! Disculpen que me entrometa, pero todo el mundo sabe que la princesa de los Sueños es un famoso mosaico del aún más famoso GRAND HOTEL METROPOL... ¡Si quieren, puedo acompañarlos!

Metomentodo me dio no *uno,* ni *dos,* sino *tres* PELLIZCOS en la cola:

—¡Geronim*ito*... ¿no te da vergüenza, ignoran*tito*?! ¿Tan difícil era?

—¡AY! ¡AY! ¡AY! —grité—. ¡Deja en paz mi cola!

Subimos los tres a un taxi con destino al Grand Hotel Metropol, uno de los hoteles más **FAMOSOS** de la ciudad...

La primera matrioska

Por fin llegamos al Grand Hotel Metropol, en el corazón de Moscú.

Entramos en un gran **SALÓN**, decorado con hermosos frescos, cuadros antiguos, estucos dorados, enormes **ESPEJOS** y lámparas de **cristal**. ¡Cuánto esplendor!

Metomentodo se dirigió al portero:

—Ahora mi amigo Geronim*ito*, que habla ruso a la perfección, le traducirá lo que quiero... —y me pellizcó la COLA—: Stiltonc*ito*, **TRADUCE**: «Quisiera una habitación con vista panorámica... silenciosa... grande, pero no demasiado... con ducha, minibar, televisión e internet...». Y dile que mañana desayunaré en la habitación… no más tarde de las siete y media en punto… con tres tostadas… mermelada de plátano… nada de huevos… y un zumo de naranja con una pajita amarilla, ¿entendido?

Colorado de vergüenza, traté de traducir, pero hice un ridículo ESPANTOSO…

Kornakkiova me observaba desde un rincón, sin dejar de reírse:

—¡Ji, ji, ji!

Al final, Metomentodo Quesoso se dirigió a ella mosqueado:

—Señorita Kornakkiova, por favor, ¿podría traducirlo usted? Geronim*ito* decía que hablaba RUSO perfectamente, pero me ha tomado el pel*ito*… ¡menudo chorlitón* está hecho!

En cuanto Kornakkiova acabó de traducir se marchó, y al momento Metomentodo y yo nos pusimos a buscar el FAMOSO MOSAICO. Examinamos todas las salas de aquel inmenso HOTEL, pero nada…

Finalmente, el portero se apiadó de nosotros y nos explicó *(¡por gestos!)*, que el famosísimo mosaico de la princesa de los Sueños no estaba DENTRO del hotel sino FUERA, en una de las fachadas…

*Chorlitón: *tontorrón*.

METROPOL
El Grand Hotel es un edificio bellísimo, situado en el corazón de Moscú, a dos pasos del Kremlin. La decoración es estilo modernista.
MOSAICO DE LA PRINCESA DE LOS SUEÑOS
¡GERONIMO Y METOMENTODO ESTÁN AQUÍ!

—¡Uno de nosotros dos debe trepar, tal como está escrito en el pergamino! —dijo Metomentodo—. ADELANTE pues, Geronim*ito*…

—PERO ¡SI YO SUFRO DE VÉRTIGO!

—repliqué aterrorizado—. ¿No hay otro modo de llegar ahí arriba?

Metomentodo me PELLIZCÓ la cola:

—¡No, tontorron*cito*, es una misión secretísima-ísima-ísima, no podemos hablar de ella con nadie!

Oí una risita:

—¡Ji, ji, ji!

Era Kornakkiova, que acababa de aparecer de sopetón a nuestra espalda. ¿Nos estaría ESPIANDO? Se ofreció a acompañarnos al tejado del hotel y Metomentodo aceptó, aunque se lamentó de que ya no fuera una misión secreta…

La SEGUIMOS a lo largo de pasillos y antecámaras, hasta que llegamos al tejado, ¡justo encima del mosaico de la princesa de los Sueños!

1 Entretanto Metomentodo, que estaba nerviosísimo, zampaba plátanos sin parar para RELAJARSE.
Por desgracia, no vi que se le había CAÍDO una piel de plátano al suelo y... 2
¡la pisé y RESBALÉ!
¡Di un triple salto mortal 3
y aterricé con el hocico sobre una teja! 4

La aguamarina es una piedra preciosa de color verde azulado.

Sin embargo, mientras me recobraba del vuelo, vi ALGO debajo de una teja... Era una preciosa matrioska de oro incrustada de aguamarinas.

En la parte inferior de la matrioska había unas palabras grabadas en ruso, que Kornakkiova nos tradujo:

—¡EN LA FORTALEZA DE MOSCÚ
HAY UNA ARMERÍA INCREÍBLE...
DONDE HALLARÁS EL TRONO DEL TERRIBLE!
ALLÍ, LA SEGUNDA MATRIOSKA TE ESPERA...
¡QUIEN SE DÉ PRISA, LA ENCONTRARÁ!

LA PRIMERA MATRIOSKA

¡La «semilla», la más pequeña!

LA SEGUNDA MATRIOSKA

Kornakkiova CARRASPEÓ:
—Ejem, si me lo permiten, creo que sé cuál es la fortaleza de Moscú… ¡es el KREMLIN!

A la mañana siguiente, salimos del Grand Hotel para dirigirnos a la antigua fortaleza del Kremlin, siempre **SEGUIDOS** por Kornakkiova. Estaba amaneciendo y el sol *teñía* el cielo de una luz que aún hacía más **SUGESTIVO** el paisaje. ¡Pensé que Moscú era una ciudad única y que Rusia era un país **MARAVILLOSO**! Y entonces, justo en medio de aquel momento mágico, Metomentodo se detuvo y me **PE-**

LLIZCÓ la cola. ¡Se estaba convirtiendo en una costumbre!

—¡Adelante, Geronim*ito*, haz un pequeño ESFUERCITO y traduce al ruso! Pregúntale al guardián si por aquí cerca hay una armería con TRONOS...

¡Desesperado, traté de traducir haciendo gestos con las manos!

¡QUÉ RIDÍCULO TAN TREMENDO!

El guardián me guiñó un ojo, dándome a entender que me había comprendido. ¡Y a continuación nos condujo a un salón del Kremlin, donde había multitud de tronos expuestos!

¡Ah!, ¿cuál sería el TRONO correcto?

—¡*Por mil bananillas*, cuántos tron*itos-itos-itos*! —exclamó Metomentodo—. ¡Vamos, Geronim*ito*, miremos a nuestro alrededor y busquemos el trono!

Empezamos a leer todos los CARTELITOS que había debajo de cada trono, hasta que Metomentodo gritó:

—¡*Vayavayavaya!* ¡Lo he encontrado! Este trono perteneció a Iván el Terrible, así llamado porque fue el más TERRIBLE de todos los zares...

Introdujo la mano debajo del trono, hurgó un poco y después sacó con aire triunfal la segunda matrioska, que desprendía espléndidos BRILLOS evanescentes...

¡Magnífica!
¡Qué esplendor!

—¡*Por mil bananillas*, es magnífica! —murmuró Metomentodo.

¡La segunda MATRIOSKA era toda de oro y estaba cubierta de Zirconios!

A nuestra espalda, una vocecita musitó:

—¡Es realmente magnífica!

El zirconio es una piedra preciosa transparente, con una luz similar a la del diamante.

Nos volvimos de golpe: ¡detrás de nosotros estaba Kornakkiova!

—¿Qué hace, señorita, nos está espiando? —gritó mi amigo.

Ella soltó una risita bajo los bigotes.

—¡Ji, ji, ji!

—¡No seas tan suspicaz, estás EXAGERANDO! —reprendí a Metomentodo.

—MMM, NO ME FÍO DE KORNAKKIOVA... ¡Ese hocicucho de rata no me convence, no quiero que vaya chivoteándose* por ahí de todos nuestros SECRETILLOS! —me susurró al oído.

*Chivotearse: *revelar secretos.*

LA SEGUNDA MATRIOSKA

Esa segunda **MATRIOSKA** llevaba un papel escrito en **RUSO** en su interior.

Kornakkiova empezó a leer en voz alta con aire de sabionda:

—Hasta el corazón de Moscú habréis
de andar
y diez iglesias en una tendréis
que encontrar...
Si a la cúpula más grande os dirigís
y con cuidado sus escaleras subís,
en lo alto hallaréis un tesoro precioso,
la tercera matrioska, que será...
¡para el más valeroso!

Después explicó con una risita:

—Ustedes no lo saben, pero yo sí. El verdadero centro de Moscú es... la célebre catedral de **SAN BASILIO**; ¡y, efectivamente, está formada por diez iglesias distintas, decoradas con otras tantas **CÚPULAS**!

LA TERCERA MATRIOSKA

Guiados por ella, nos dirigimos a la catedral de San Basilio.

¡Aquello era el verdadero centro de **MOSCÚ**!

Mientras caminábamos, Metomentodo me **PELLIZCÓ** *(¡¡¡otra vez!!!)* la cola y me regañó en voz baja:

—Por tu culpa, como no sabes traducir ruso *(¡y eso que me habías asegurado que sí, embusterito-ito-ito!)*, estamos en las garras de esta roedora... **MMM, NO ME FÍO DE KORNAKKIOVA...**

Ella se detuvo y nos señaló un edificio singular, con cúpulas multicolor… ¡Era la famosa catedral de **SAN BASILIO**!

SAN BASILIO
Es una catedral de la Iglesia ortodoxa Rusa. Se encuentra en la Plaza Roja de Moscú y fue erigida entre 1555 y 1561.
¡He aquí San Basilio!

Contamos las iglesias que había dentro de la catedral: ¡DIEZ en total!
Y miramos la más grande…

¡CARAMBA, QUÉ ALTA ERA!

Me volví para decirle a Metomentodo: «¡Esta vez no me pidas que ESCALE esa cúpula porque no pienso hacerlo!».
Pero NO vi a Metomentodo.
¿Dónde se había metido?
Oí un ZUMBIDO.
Alcé la vista y en el cielo vi…

¡¡¡UN HELICÓPTERO!!!

De la ventana asomó un hocico con los bigotes torcidos y dos ojos burlones: ¡era mi amigo Metomentodo!

¡Hola,
Stiltoncito!

¡¡¡BANG!!!
¡¡¡BENG!!!
¡¡¡BING!!!

Saludó con la pata, gritando:

—¡Hola, Stiltoncito, prepárate, que voy a lanzarte la **matrioskita**!

Hizo bajar un gancho del helicóptero y enganchó la matrioska, que estaba atada a la cúpula:

¡¡¡BANG!!!

Después la levantó…

¡¡¡BENG!!!

La matrioska empezó a OSCILAR y yo la fui siguiendo. ¡Cuando llegamos cerca del río Moscova, Metomentodo desenganchó la matrioska… que cayó derecha sobre mi cabeza!

¡¡¡BING!!!

¡Allá voy!
¡Socorrooo!

Me tambaleé a causa del golpe, que me había provocado un enorme CHICHÓN en la cocorota... ¡Empecé a rodar y acabé cayéndome de cabeza en el río Moscova! Agité los brazos en el agua helada mientras gritaba:

—¡SOCORROOOOOOOO!

Con una rapidez increíble para una roedora de su edad, Kornakkiova se zambulló en el río y me llevó hasta la orilla antes de que me convirtiera en un BLOQUE DE HIELO.

A continuación, me reanimó con gran habilidad...

Le di las gracias: ¡me había salvado la vida!

Metomentodo, mientras tanto ya se nos había unido, la miró con **DESCONFIANZA**.

—¡La verdad es que es muy extrañ*ita* esta viejec*ita*! Tan ANCIANA, y a la vez tan **ATLÉTICA**... *Mmm, no me fío de Kornakkiova...*

Al final se resignó, suspiró y le pasó la **TARJETA** que había en el interior de la tercera matrioska, que estaba toda cubierta de ágatas.

La ágata es una piedra preciosa que puede ser de color rojo-anaranjado o azul.

Luego Kornakkiova tradujo en voz alta:

—Si la cuarta matrioska
quieres encontrar,
a la calle Arbat te has de encaminar...
Cuenta las alcantarillas, grandes
o chiquitillas.
¡Bajo la número 13 encontrarás
lo que buscando estás!

LA TERCERA MATRIOSKA

LA CUARTA MATRIOSKA

Aquella mañana, en cuanto nos despertamos, tomamos un **SUPERDELICIOSO DESAYUNO** en el hotel…

Metomentodo se abalanzó rápidamente sobre el bufet gritando:

—¡ÑAMÑAMÑAMÑAM!

Cruasanes, hojaldres con queso, pastelillos variados, huevos, embutidos, carne, pescado ahumado, té… ¡Qué DESAYUNO tan superratónico!

En cuanto acabamos, salimos con Kornakkiova en busca de la cuarta matrioska que se hallaba en el barrio de Arbat, EL BARRIO DE LOS ARTISTAS.

En todas las esquinas había actores, mimos, acróbatas, malabaristas exhibiendo sus fantásticas habilidades.

Había un contorsionista que era capaz de DOBLARSE como una ristra de tranchetes.

Había un MALABARISTA que hacía bailar entre sus manos cinco ANILLAS y luego las hacía pasar a lo largo de su cuerpo.

Había un grupo de acróbatas que ejecutaban un TRIPLE SALTO MORTAL con pirueta final.

¡Había hasta un DOMADOR de caracoles que se arrastraban al son de la MÚSICA!

Teníamos que buscar una alcantarilla, concretamente la número TRECE, pero ¿cómo encontrarla entre toda aquella confusión?

Empezamos a CONTARLAS: una, dos, tres…

Cuando llegamos a la alcantarilla número trece,

CALLE ARBAT

Es una de las más antiguas de la ciudad; hay librerías, anticuarios y tiendas de *souvenirs* de aspecto antiguo.

Metomentodo introdujo una PATA, escarbó y... sacó una matrioska de oro, engastada con unos espléndidos Zafiros.

El zafiro es una piedra preciosa con varias tonalidades de azul.

Al momento gritó con voz triunfal:

—¡*Por mil bananillas*, Geronim*ito*, la cuarta matriosk*ita* ya está en nuestras pat*itas*… qué buenec*itos-itos-itos* somos!

Nos pareció oír que alguien susurraba:

—¡Quien ríe último ríe mejor!

Pero cuando nos giramos, solamente vimos a Kornakkiova riéndose:

—¡Ji, ji, ji!

Metomentodo masculló:

—MMM, NO ME FÍO DE KORNAKKIOVA...

Pero ya no tuvimos tiempo de seguir pensando en eso, porque ella había empezado a leer en voz alta la tarjeta en ruso del interior de la matrioska:

—SI LA QUINTA MATRIOSKA QUIERES ENCONTRAR,
POR DEBAJO DE TIERRA TENDRÁS QUE ANDAR...
BAJA LAS ESCALERAS HASTA LAS VÍAS,
PERO NO TE ENTRETENGAS EN TONTERÍAS,
BUSCA ENTRE LÁMPARAS MARAVILLOSAS
JUNTO A FRESCOS DE IMÁGENES PRODIGIOSAS...

LA CUARTA MATRIOSKA

La quinta matrioska

Yo estaba perplejo. ¿Lámparas? ¿Frescos con imágenes prodigiosas? ¿En el METRO?

Pero Kornakkiova nos miró y se echó a reír:

—¡Ji, ji, ji!

¿Acaso ella, como guía experta, sabía algo que nosotros desconocíamos?

—Tal vez deberíamos PREGUNTARLE a Kornakkiova de qué metro se trata… —le comenté a Metomentodo.

—No quiero volver a consultarle de nuevo nada, no me fío de ella —respondió—. Esta vez lo haremos solos, TÚ y YO, YO y TÚ, ¡en resumen, nosotros dos!

—Pero ¡Metomentodo, no podemos mirar en todas las lámparas de todas las estaciones de todas las líneas del metro de Moscú!

¡TARDARÍAMOS SIGLOS!

Él me lanzó una mirada astuta:

—¡Lo sé, pero tengo un plan, le pedirás **INFORMACIÓN** a un transeúnte!

—¿Yo? —balbuceé—. ¿Pedirle información a un transeúnte? ¿En **RUSO**? ¿Para preguntarle por una lámpara del metro? ¡Metomentodo, no lo conseguiré nunca!

El metro de Moscú

Es una obra arquitectónica única: los pasillos de las estaciones están recubiertos con espléndidos mármoles y ricamente decorados con mosaicos, vitrales, frescos y unas enormes lámparas doradas.

Metomentodo me dio una palmada en el hombro:
—De acuerdo, entonces pasaremos al PLAN B, o sea, inspeccionaremos todas las lámparas una por una…
Yo estaba CONFUSO.
Tenía la sensación de que salía del fuego y me metía en las brasas… ¡una y otra vez!
Metomentodo me PELLIZCÓ la cola:
—Adelante, ¿a qué esperas?

¡Resignado, tuve que revisar todas las lámparas del metro de Moscú!

En Moscú hay un sinfín de LÍNEAS, cada una con un color y un número.

Empecé por la número uno...

¡*Por mil quesos de bola*, era un TRABAJAZO tremendo!

Para no levantar sospechas, me había agenciado un MONO de operario e iba de acá para allá con una escalera bajo el brazo, fingiendo ser un electricista. En cuanto veíamos una lámpara, Metomentodo gritaba:

—¡Ahí hay otra! ¡Geronim*ito*, ahora sube a la ESCALERITA y pon los ojos en danza,* me recomendó!

A mí, que sufro de vértigo, me entraba un SUDOR frío con cada lámpara. Pasaron las horas, los días... y una semana más tarde aún estábamos allí, rebuscando entre las lámparas...

*Pon los ojos en danza: *mira a tu alrededor.*

Hasta que el séptimo día, cuando hurgaba en la tercera LÁMPARA de la segunda galería de la pintoresca estación de Kievskaya, que posee unas pinturas estupendas, noté que mis dedos tocaban algo METÁLICO... FRÍO... con la cabeza REDONDA...

Gritó:

—¡LA HE ENCONTRADOOO!

Metomentodo, llevado por la excitación, se agarró a la escalera y la zarandeó:

—¡Bravo, Geronim*ito*, ¿de verdad has ENCONTRADO la matriosk*ita*?!

—¡Quietooo! —grité—. ¡No MUEVAS así la escalera, que me caigoooooo!

Un instante después tenía el trasero dentro de un bidón de COLA de un roedor que estaba pegando carteles publicitarios en las paredes.

Kornakkiova surgió de la nada y me pescó con el mango de su paraguas, riéndose:

—¡Ji, ji, ji!

Pero en realidad, ¡parecía más **INTERESADA** en la matrioska que yo tenía en la mano, que en rescatarme!

El rubí es una piedra preciosa de color rojo vivo transparente.

Noté que Metomentodo la observaba con desconfianza. Luego se acercó y me arrancó la matrioska de la mano: era muy hermosa, ¡toda de oro y cubierta de rubíes!

LA QUINTA
MATRIOSKA
1 2 3 4 5 6 7

La desenroscó para ver qué habían escrito en la TARJETA del interior.

Kornakkiova se acercó furtivamente y luego con RETINTÍN le preguntó:

—¿Quiere que traduzca, señor Metomentodo? Que conste que no quisiera entrometerme… ¿o a lo mejor prefiere que se lo TRADUZCA su amigo?

Metomentodo me FULMINÓ con la mirada, como si me dijera: «¡Toda la culpa de que tenga que hacer traducir la tarjeta a Kornakkiova es sólo tuya, Genorim*ito*!».

Le tendió de MALA GANA la matrioska y mascculló:

—¡Señorita Kornakkiova, ya que por desgracia Geronim*ito* no sabría traducir ni la etiqueta del AGUA mineral, le pido con toda humildad que traduzca usted!

Ella esbozó una sonrisita y leyó en voz alta:

—SI LA SEXTA MATRIOSKA QUIERES HALLAR,
ALGO DE CULTURA TENDRÁS QUE DEMOSTRAR...
¡«GUERRA Y PAZ» ES UNA GRAN OBRA:
A SU AUTOR DEBERÍAS CONOCER DE SOBRA!

Kornakkiova añadió:

—Creo que se refiere a *Tolstoi*...

Metomentodo le arrancó de las manos la matrioska, la OCULTÓ con gran rapidez en el bolsillo interior de su gabardina y dijo:

—¡Naturalmente, lo he adivinado enseguid*ita-ita-ita*! ¡Se trata de Tolstoi, el célebre *escritor*!

LA SEXTA MATRIOSKA

Me pasé toda la tarde tratando de QUITARME la cola del pelaje.
Primero probé con un BAÑO caliente… pero ¡no hubo nada que hacer!
Después con una mezcla de CHAMPÚ, bálsamo y loción… ¡nada de nada!

Después Metomentodo insistió en que probase con una sauna. ¡SUDABA, SUDABA, SUDABA... ... pero la cola no se despegaba!

Tras la sauna Metomentodo me convenció de que rodara por la NIEVE, pero nada, la cola no desaparecía. ¡Lo único que conseguí fue pillar un RESFRIADO!

¡Achís! ¡Achís! ¡Achís!

Resignado, me eché en la cama sin preveer que las sábanas se me quedarían pegadas... ¡Parecía un auténtico FANTASMA!

¡Lo intenté por tercera vez con una sauna ardiendo!

¡El cuarto intento consistió en rodar por la nieve!

Estaba cansado, resfriado y desesperado… ¡además de encolado! Me hubiera echado a LLORAR…

A la mañana siguiente llamaron a la puerta: era Kornakkiova. Nos preguntó en un tono de voz extrañamente amable:

—¿Quieren que los acompañe a la casa de Tolstoi?

Y mientras lo decía le lanzó una mirada interrogativa a Metomentodo, que ZANJÓ el tema al instante:

—¡No, muchas gracias, señorita Kornakkiova, ya encontraremos por nuestra cuenta la cas*ita* de ese escritorc*ito*!

Kornakkiova parecía muy DESILUSIONADA. Lo SENTÍA por ella: no era más que una anciana roedora, probablemente sola, que acompañaba a los turistas porque no le alcanzaba la pensión...

—Llevémosla con nosotros —le dije a Metomentodo POR LO BAJO.

Pero él me replicó con SEQUEDAD:

—¡No quiero, no me fío de Kornakkiova, y, además, ya he encontrado la dirección de la casa de Tolstoi en INTERNET!

Ella se marchó cabizbaja murmurando:

—Si tienen necesidad de una guía llámenme, a cualquier hora…

En cuanto me limpié del todo, nos dirigimos a la casa de Tolstoi, mi escritor ruso preferido.

Os voy a confesar una cosa: ¡he leído todos sus libros!

Pero, aunque estuvimos buscando horas y horas, no hubo manera de encontrar allí ninguna matrioska. ¡QUÉ RARO!

De pronto, con el rabillo del ojo entreví un moño de color gris con un precioso pañuelo de flores. ¡Era Kornakkiova!

Metomentodo le preguntó SUSPICAZ:

—Señorita Kornakkiova, ¿qué está haciendo usted aquí?

—Tolstoi solamente vivió aquí cuando era JOVEN, su verdadera casa es otra —me susurró ella al oído—. ¡Es una finca que se llama Yasnaya Polyana! Yo sé cómo llegar allí…

Fulminé con la mirada a Metomentodo… Se había EQUIVOCADO de dirección y había tratado con dureza a una pobre viejecita. ¡Había que arreglarlo!

YASNAYA POLYANA
Es la finca donde vivió el escritor León Tolstoi, el célebre autor de *Guerra y paz* y *Anna Karenina*.
¡Je, je, je!
¡Ésta es la verdadera casa de Tolstoi, Yasnaya Polyana!

Cogí a Kornakkiova del brazo y le dije:

—Estaremos encantados de que nos acompañe a la auténtica casa de Tolstoi…

La esmeralda es una piedra preciosa de color verde transparente y brillante.

Luego nos condujo a Yasnaya Polyana, pero no fue fácil dar con la sexta matrioska: ¡estaba oculta en el tronco hueco de un manzano! Era una espléndida muñeca de oro con esmeraldas engastadas.

Kornakkiova leyó la TARJETA que había en su interior…

—¡Quien la séptima matrioska quiera adquirir,
al teatro sin tardanza deberá ir!
Entre bailarinas danzará
y en la concha del apuntador la hallará.
Acudid al teatro Bolshoi…
¡No esperéis a mañana, hacedlo hoy!

LA SEXTA MATRIOSKA

LA SÉPTIMA MATRIOSKA

¡Ahora la sexta matrioska también era nuestra! Y en ese preciso instante sonó el móvil:

—¡RING RING RINNNG!

—¿Diga? —respondió mi amigo—. ¡Al habla Metomentodo Quesoso! ¿Es verdad o no que soy el mejor **INVESTIGADOR** del mundo? Ahora sólo me queda encontrar la séptima matrioska, la última... Según parece, está en el *TEATRO BOLSHOI*... ¿Quéééé? Ah, bien, si usted lo cree necesario... ¿por qué no? ¿Cuándo? ¡Le espero, pues! ¡Salud*itos*!

Cuando colgó el móvil, los bigotes todavía le ZUMBABAN de la sorpresa:

—¡Era Boris Ratonoff, el coleccionista de matrioskas! ¡Ha dicho que se **REUNIRÁ** con nosotros en el Bolshoi, para llevarse las siete matrioskas! ¡Ya no puede esperar más!

—¡ARG! —oí mascullar.

Sorprendido me volví, pero a mi espalda sólo estaba Kornakkiova.

¡QUÉ RARO!

TEATRO BOLSHOI EN CIRÍLICO
Большой театр
¿Podemos entrar?

Pero no tuve tiempo de darle más vueltas, pues ya nos DIRIGÍAMOS al famosísimo teatro Bolshoi.

Tratamos de entrar por la puerta principal, pero un conserje nos lo impidió:

—¡Imposible! ¡Vuelvan esta noche, cuando empiece el espectáculo de ballet!

Metomentodo se rascó la cabeza:

—Querido Geronim*ito*, necesitamos urgentemente una ide*íta*.

Justo en ese momento, pasaron por allí unas JOVENCITAS con tutús y zapatillas de baile en dirección a la entrada de artistas.

—¡EUREKITA! —murmuró Metomentodo—. ¡Así es como entraremos!

Fuimos a una tienda que vendían todo tipo de ropa, que había junto al teatro Bolshoi, y al cabo de media hora salimos DISFRAZADOS de bailarinas de ballet clásico.

Yo llevaba una peluca, un **TUTÚ** blanco de encaje y caminaba de puntillas con unas ZAPATILLAS de ballet color rosa pálido…

¡VAMOS, QUE ESTABA RIDICULÍSIMO!

En aquel momento un grupo de bailarinas estaba entrando en el teatro y aprovechamos para colarnos. ¡Qué **GRANDE** era el Bolshoi!
A nuestro alrededor todo eran muebles antiguos, lámparas de cristal, estatuas doradas y preciosos

frescos. Pero a nosotros tan sólo nos interesaba encontrar la concha del apuntador, es decir, el HUECO del escenario donde el apuntador les recuerda el texto a los actores… ¡Allá estaba oculta la MATRIOSKA!

Pero justo en ese momento se alzó el telón, empezó a sonar la música y todas las bailarinas corrieron al escenario, ligeras como MARIPOSAS… Nos vimos obligados a seguirlas: ¡y allí estábamos, en ESCENA, ante cientos de espectadores!

¡Ay, ay, ay!
¡Por mil bananillas!

Tuvimos que danzar con el resto de bailarinas: ¡AY! ¡AY! ¡AY! ¡Qué ridículo tan grande!
¡Por fin, en un cambio de escena, pudimos escabullirnos entre bastidores y OCULTARNOS hasta que acabó el espectáculo y el teatro quedó desierto!
Regresamos al escenario y bajamos al hueco del apuntador: allí, en un doble fondo oculto, HALLAMOS la séptima matrioska... ¡Era bellísima, toda de oro macizo y con diamantes engastados, grandes como avellanas!

El diamante es una piedra transparente valiosísima y de gran pureza.

—¡Nuestra misión ha llegado a su fin! —exclamó Metomentodo, metiendo en su interior todas las otras.

LA SÉPTIMA
MATRIOSKA
1 2 3 4 5 6 7

EL SECRETO DE KATRINA KORNAKKIOVA

Justo cuando ya teníamos en las patas la última matrioska, Kornakkiova surgió de la NADA. Enseguida observé que miraba la matrioska con insistencia y que sus ojos de hielo REFULGÍAN detrás de sus anteojos. Y antes de que pudiéramos detenerla, nos la ARRANCÓ de las manos. Luego echó a correr sin dejar de reírse:

—¡¡¡Ji, ji, ji!!!

Nos quedamos boquiabiertos.

El primero en recuperarse fue Metomentodo que gritó:

—¡Geronim*ito*, nos ha engatusoneado!* ¡Esa malandrinota** se escapa! ¡Persigámosla!

*Nos ha engatusoneado: *nos la ha jugado.*

**Malandrinota: *impostora.*

Empecé a **CORRER**, **CORRER**, **CORRER**, y ya me estaba quedando sin aliento cuando sucedió una… mejor dicho, ¡muchas cosas **RARÍSIMAS**!

¡Katrina Kornakkiova perdió el pañuelo de flores y también el pelo *(en realidad era una* **PELUCA**…*)* y se volvió rubia, con una melena larguísima y ondulada!

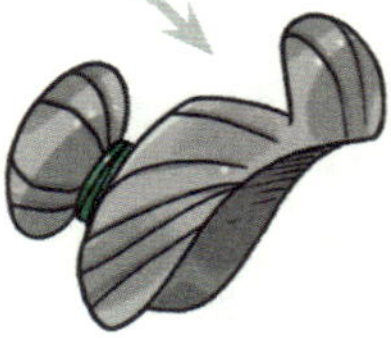

A continuación se sacó las **GAFAS**. ¡Veía perfectamente sin ellas, y ahora sus ojos de hielo resultaban realmente fascinantes!

Dejó caer el **PARAGUAS** que le hacía de bastón, mientras corría con gran agilidad: ¡menuda forma física!

Y también dejó caer un **COJÍN**... ¡Ahora ya no era regordeta, sino esbelta y flexible!

Pero sobre todo... ¡ya no era una anciana, sino **JOVENCÍSIMA**!

¡Y... muy muuy muuuy muuuuy **ATRACTIVA**!

De pronto la reconocí.

¡Era *ella*, sin duda era *ella*!

Era idéntica a la roedora que había visto en el **LIBRO** de Metomentodo en el avión: ¡Anastasia Ratonatzzova, la mayor coleccionista de matrioskas del mundo, por supuesto, después de Boris Ratonoff!

¡Y ahora HUÍA con nuestras matrioskas, que tanto trabajo nos había costado encontrar para BORIS RATONOFF!

Katrina Kornakkiova o, mejor dicho, Anastasia Ratonatzzova giró por una esquina y estaba a punto de DESAPARECER, cuando de pronto…

Metomentodo sacó un PLÁTANO del bolsillo izquierdo de su gabardina, lo peló y se lo comió. Luego sacó del bolsillo derecho de su gabardina un TIRACHINAS, lo cargó con la piel de plátano, apuntó directamente a las PATAS de Ratonatzzova y disparó, lanzando su famoso grito de guerra:

—¡METOMETOMENTODO MENTODOQUESOSOOOOOO!

¡Kornakkio… quiero decir Ratonatzzova con la piel de plátano RESBALÓ y cayó sentada en el suelo!

¡PAM!

Logramos capturarla, pero no quería soltar la matrioska. Hubiéramos podido denunciarla por ROBO, pero justo en ese preciso instante llegó un roedor *ELEGANTÍSIMO*, alto y fornido con unos ojos *azules* como el hielo. ¡Era Boris Ratonoff! Nos hizo un gesto para que parásemos y gritó:

—**¡QUIETOS!**

Entre coleccionistas... ¡Nos entendemos!

—Pero señor Ratonoff, ¡esta señorita es una malandrin*ita-ita-ita*! —dijo Metomentodo.

—¡La señorita Katrina, quiero decir, ANASTASIA, nos ha hecho de guía para robarnos! —añadí yo.

Boris Ratonoff se volvió hacia ella y luego le preguntó a BOCAJARRO:

—¿Por qué lo ha hecho, señorita Ratonatzzova? ¿Por qué ha ROBADO las siete matrioskas?

Ella apretó contra sí la matrioska y dijo orgullosa:

—¡Porque para mí las matrioskas lo son TODO!

Metomentodo y yo gritamos a la vez:

—¿Lo ve, señor Boris? Admite que ha tratado de robar las matrioskas y…

Pero Boris Ratonoff nos hizo callar con un gesto de la pata y exclamó:

—**SILENCIO**... Vosotros no lo entendéis. Sólo los coleccionistas lo comprendemos...

Miraba fijamente a Anastasia, y ella lo **MIRABA** a él con intensidad...

Boris Ratonoff le hizo una galante reverencia a Kornakkiova, quiero decir, a Ratonatzzova y murmuró:

—¡Señorita, la entiendo, las matrioskas para mí también lo son todo, son la pasión de mi vida! ¿Me permite invitarla a una romántica cena a la LUZ DE LAS VELAS para hablar de matrioskas, por supuesto?

Entonces a ella estuvo a punto de escapársele una risita «¡Ji, ji, ji!», pero se acordó de que ya no tenía por qué reírse, pues ya no era Kornakkiova, y dijo con una voz SUAVE:

—¡Acepto encantada, señor Ratonoff!

Y ambos se marcharon cogidos de la mano.

Mientras se ALEJABAN, oí que Boris le decía:

—Me gustaría invitarla a mi yate privado... para hacer un larguísimo crucero alrededor del MUNDO... Podríamos hablar de un tema INTERESANTE, mejor dicho, del tema más INTERESANTE, o, para ser más exactos, del único tema INTERESANTE que existe: ¡las matrioskas!

Anastasia se apresuró a responder:
—¡Oooh, me encantaría! ¡¡¡A mí también me interesan sólo las MATRIOSKAS!!!
Metomentodo los miró, negando con la cabeza.
—Esos dos son igual*itos-itos-itos*... ¡no piensan en otra cosa que en las matrioskas! ¿Y qué? Si así están CONTENTOS...

UN RECUERDO DE RUSIA

Ya estábamos a punto de volver a **CASA**, pero antes de partir decidí comprar unos **RE-GALITOS** para la familia y los amigos.

—¡Qué IDEITA! —exclamó Metomentodo—. ¡Stiltonc*ito*, vamos al mercad*ito*, seguro que encontraremos algún regal*ito* BONITO, BONITO, BONITO!

Nos precipitamos al mercado y allí hallé numerosos objetos de ARTESANÍA muy interesantes. Metomentodo también compró recuerdos para toda su numerosísima FAMILIA… ¡compuesta por unas 14 roedoras!

¡Compró un regalo para cada una, desde su abuela hasta la pequeña Metomentobaby Quesoso! Un detalle ESPECIAL que reflejaba sus respectivos caracteres.

Naturalmente, a mí me tocó llevar los paquetes…

¡VAYA TREMENDO CANSANCIO!

Pero valió la pena porque, cuando llegamos a casa, nuestros regalos les gustaron muchísimo a todos.

LOS REGALOS DE METOMENTODO QUESOSO
Una campanilla de Novgorod
METOMENTODOSA QUESOSO
METOMENTODINA QUESOSO
¡Un gorro cosaco de piel ecológica!
METOMENTODURRIA QUESOSO
¡Una bola de nieve con el Kremlin!
¡Un juguete típico: el osito ruso!
METOMENTOBABY QUESOSO
METOMEN-TODÓLOGA QUESOSO
¡Las tazas de té!
METOMEN-TODÍSIMA QUESOSO
¡Tres dedales pintados!

¡Un cascanueces de vivos colores!
METOMENTO-DUZA QUESOSO
METOMENTODETA QUESOSO
¡Una estatuilla de la catedral de San Basilio!
METOMENTODITA QUESOSO
¡Un collar de ámbar!
METOMENTODO-SITA QUESOSO
¡Una matrioska!
METOMENTODA QUESOSO
¡Trigo sarraceno para preparar gachas!
METOMENTODOS-COPIA QUESOSO
¡Unos guantes para el frío siberiano!
¡Una pluma de madera!
METOMENTODOTA QUESOSO

Incluso el abuelo Torcuato vino a darme las gracias a mi oficina, pero ¡no se presentó con las manos vacías!
¡Él también me trajo, ejem… un **REGALITO**!
¿Queréis saber cuál? Escuchad…
Yo estaba tranquilamente sentado a mi escritorio, cuando el abuelo abrió la puerta y gritó:

—**¡GERONIMO!**

—Abuelo, ¿sabes que he estado en Rusia y he aprendido **RUSO**, tal como tú querías?
—¡Geronimo, siempre vas un paso por **DETRÁS** de mí! —contestó, negando con la cabeza—. ¿Es que tengo que explicártelo todo?
—¿«Todo» qué? —pregunté perplejo.
—Pues **¡TODO, TODO, TODO!** ¡Ya no hace falta que aprendas ruso, encargué la traducción de los libros a un profesional, uno que conocí en mi club de golf, mucho mejor que tú! Pero ¡no te RELA-

JES demasiado, te he encontrado otra ocupación, en vista de que siempre estás en las nubes! —me señaló una pila altísima de libros y gritó satisfecho—: ¡Aquí tienes un curso ultracompleto de CHINO en 137 volúmenes!

Por un momento creí que me iba a desmayar.

Al fin logré gritar desesperado:

—¿CÓMO, CÓMO, CÓMO? ¿Chino? Pero abuelo, ¡NUNCA lo conseguiré!

—Eres el HOLGAZÁN de siempre, lo mismo decías del RUSO y al final lo lograste, ¿no? —respondió con una sonrisita burlona.

Pero yo ya no dije nada.

Me había… ¡¡¡desmayado!!!

¡Un año después... en Ratonia!

Un año más tarde, estaba en mi despacho, cuando de pronto se abrió la puerta y entró Metomentodo Quesoso gritando:

—¡Hola, Geronim*ito*! ¿Te has enterado de la NOTICIA? Mira quiénes acaban de regresar de dar una vuelte*cita* alrededor del mundo... Ah, qué historia tan ROMÁNTICA...

Y dejó sobre mi mesa una revista de COTILLEO, con una fotografía de dos roedores sonrientes en primera página. ¡Eran Boris Ratonoff y Anastasia Ratonatzzova!

Qué gran verdad: ¡el AMOR puede con todo!

¡Palabra de Stilton, *Geronimo Stilton*!

¡Mira!
¡Ah, el amor!
SCOOP

BORIS RATONOFF Y ANASTASIA RATONATZZOVA

¡Unidos por el amor y por una única pasión: las matrioskas!

¡ÉL, UN FAMOSO ANTICUARIO, ELLA, UNA CONOCIDA HEREDERA, TIENEN UN AMOR EN COMÚN: LAS MATRIOSKAS!

¡PARA CONQUISTARLA, BORIS NO HA REPARADO EN GASTOS Y LE HA REGALADO LAS MATRIOSKAS MÁS VALIOSAS!

¡AMBOS SE FUERON DE CRUCERO ALREDEDOR DEL MUNDO, PARA CONOCERSE MEJOR Y HABLAR DE...

MATRIOSKAS!

DESPUÉS ÉL LE PIDIÓ LA MANO...
¡Y COMO REGALO DE BODAS RECIBIERON MUCHAS MUCHAS MUCHAS MATRIOSKAS!
¡AL CABO DE UN AÑO NACIERON DOS GEMELITOS: MATRIOSKO Y MATRIOSKINA!

ÍNDICE

ESPECIALES DE GERONIMO STILTON!

LOS PREHISTORRATONES

- ❒ 1. ¡Quita las patas de la piedra de fuego!
- ❒ 2. ¡Vigilad las colas, caen meteoritos!
- ❒ 3. ¡Por mil mamuts, se me congela la cola!
- ❒ 4. ¡Estás de lava hasta el cuello,Stiltonut!
- ❒ 5. ¡Se me ha roto el trotosaurio!
- ❒ 6. ¡Por mil huesecillos, cómo pesa el brontosaurio!
- ❒ 7. ¡Dinosaurio dormilón no atrapa ratón!
- ❒ 8. ¡Tremendosaurios a la carga!
- ❒ 9. Muerdosaurio en el mar… ¡tesoro por rescatar!
- ❒ 10. ¡Llueven malas noticias, Stiltonut!
- ❒ 11. ¡En busca de la ostra megalítica!
- ❒ 12. ¡Pulposauria glotona… peligra mi cola ratona!
- ❒ 13. ¡Por mil pedruscos... cómo apesta el globosaurio!
- ❒ 14. ¡Ay, ay, ay, Stiltonut, ya no hay leche de mamut!
- ❒ 15. ¡No despertéis a las moscas Ronf Ronf!
- ❒ 16. ¿Quién me ha robado el agua del río?

ESPECIAL

- ❒ ¡Ojo con el pelaje, que llega el Gran Bzot!

LOS COSMORRATONES

- ❒ 1. La amenaza del planeta Blurgo
- ❒ 2. La extraterrestre y el capitán Stiltonix
- ❒ 3. La invasión de los insufribles Ponf Ponf
- ❒ 4. Desafío galáctico en el último penalti
- ❒ 5. El planeta de los cosmosaurios rebeldes
- ❒ 6. El misterio del planeta sumergido
- ❒ 7. ¡Peligro, basura espacial!
- ❒ 8. La mágica noche de las estrellas danzantes
- ❒ 9. Stiltonix contra el monstruo Slurp
- ❒ 10. Un desafío estelar de bigotes
- ❒ 11. ¡Y encima, te moderé la cola, Stiltonix!

DESTINO

TEA STILTON

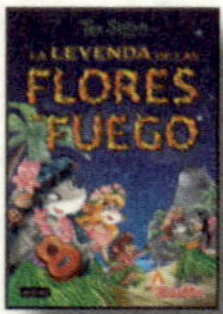

- ❐ 1. El código del dragón
- ❐ 2. La montaña parlante
- ❐ 3. La ciudad secreta
- ❐ 4. Misterio en París
- ❐ 5. El barco fantasma
- ❐ 6. Aventura en Nueva York
- ❐ 7. El tesoro de hielo
- ❐ 8. Náufragos de las estrellas
- ❐ 9. El secreto del castillo escocés
- ❐ 10. El misterio de la muñeca desaparecida
- ❐ 11. En busca del escarabajo azul
- ❐ 12. La esmeralda del príncipe indio
- ❐ 13. Misterio en el Orient Express
- ❐ 14. Misterio entre bambalinas
- ❐ 15. La leyenda de las flores de fuego
- ❐ 16. Misión flamenco
- ❐ 17. Cinco amigas y un león
- ❐ 18. Tras la pista del tulipán negro
- ❐ 19. Una cascada de chocolate
- ❐ 20. Los secretos del Olimpo
- ❐ 21. Amor en la corte de los Zares
- ❐ 22. Una aventura en el Caribe
- ❐ 23. Misterio en Hollywood
- ❐ 24. Acampada en Madagascar
- ❐ 25. Carnaval en Venecia
- ❐ 26. Persecución en el hielo
- ❐ 27. El tesoro perdido
- ❐ 28. Cinco jugadoras de fútbol

VIDA EN RATFORD

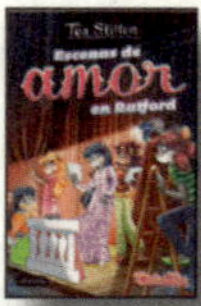

- ❐ 1. Escenas de amor en Ratford
- ❐ 2. El diario secreto de Colette
- ❐ 3. El club de Tea en peligro
- ❐ 4. Reto a paso de danza
- ❐ 5. El proyecto supersecreto
- ❐ 6. Cinco amigas y un musical
- ❐ 7. Camino a la fama
- ❐ 8. ¿Quién se esconde en Ratford?
- ❐ 9. Una misteriosa carta de amor
- ❐ 10. El sueño sobre hielo de Colette
- ❐ 11. Un, dos, tres... ¡se rueda en Ratford!
- ❐ 12. Top model por un día
- ❐ 13. Misión mar limpio
- ❐ 14. El club de las poetisas
- ❐ 15. La receta de la amistad
- ❐ 16. El gran baile con el príncipe
- ❐ 17. El fantasma del Castillo del Halcón
- ❐ 18. Todas podemos ser campeonas
- ❐ 19. Más que amigas... ¡hermanas!
- ❐ 20. Una boda de ensueño
- ❐ 21. Salvemos a los animales
- ❐ 22. El concierto del corazón
- ❐ 23. Mil fotos para una top model
- ❐ 24. El tesoro de los delfines azules
- ❐ 25. La lección de belleza
- ❐ 26. Una noche mágica en la nieve
- ❐ 27. Este caballo es un tesoro
- ❐ 28. Dos corazones en Londres
- ❐ 29. Misión Niágara
- ❐ 30. Princesas en Viena

31. El canto de las ballenas

EL ECO DEL ROEDOR

1 Entrada

2 Imprenta (aquí se imprimen los libros y los periódicos)

3 Administración

4 Redacción (aquí trabajan redactores, diseñadores gráficos, ilustradores)

5 Despacho de Geronimo Stilton

6 Jardín

1
2
3
4
5
6
7
8
9
10
11
12
13
14
15
16
17
18
19
20
21
22
23
24
25
26
27
28
29
30
31
32
33
34
35
36
37
38
39
40
41
42
43
44
45
46

RATONIA, LA CIUDAD DE LOS RATONES

1 Zona industrial de Ratonia
2 Fábricas de queso
3 Aeropuerto
4 Radio y televisión
5 Mercado del Queso
6 Mercado del Pescado
7 Ayuntamiento
8 Castillo de Morrofinolis
9 Las siete colinas de Ratonia
10 Estación de Ferrocarril
11 Centro comercial
12 Cine
13 Gimnasio
14 Sala de conciertos
15 Plaza de la Piedra Cantarina
16 Teatro Fetuchini
17 Gran Hotel
18 Hospital
19 Jardín Botánico
20 Bazar de la Pulga Coja
21 Casa de tía Lupa y Benjamín
22 Museo de Arte Moderno
23 Universidad y Biblioteca
24 «La Gaceta del Ratón»
25 «El Eco del Roedor»
26 Casa de Trampita
27 Barrio de la Moda
28 Restaurante El Queso de Oro
29 Centro de Protección del Mar y del Medio Ambiente
30 Capitanía
31 Estadio
32 Campo de golf
33 Piscina
34 Canchas de Tenis
35 Parque de atracciones
36 Casa de Geronimo
37 Barrio de los anticuarios
38 Librería
39 Astilleros
40 Casa de Tea
41 Puerto
42 Faro
43 Estatua de la Libertad
44 Oficina de Metomentodo Quesoso
45 Casa de Patty Spring
46 Casa del abuelo Torcuato

LA ISLA DE LOS RATONES

1 Gran Lago Helado
2 Pico del Pelaje Helado
3 Pico Vayapedazodeglaciar
4 Pico Quetepelasdefrío
5 Ratikistán
6 Transratonia
7 Pico Vampiro
8 Volcán Ratífero
9 Lago Sulfuroso
10 Paso del Gatocansado
11 Pico Apestoso
12 Bosque Oscuro
13 Valle Misterioso
14 Pico Escalofrioso
15 Paso de la Línea de Sombra
16 Roca Tacaña
17 Parque Nacional para la Defensa de la Naturaleza
18 Las Ratoneras Marinas
19 Bosque de los Fósiles
20 Lago Lago
21 Lago Lagolago
22 Lago Lagolagolago
23 Roca Tapioca
24 Castillo Miaumiau
25 Valle de las Secuoyas Gigantes
26 Fuente Fundida
27 Ciénagas sulfurosas
28 Géiser
29 Valle de los Ratones
30 Valle de las Ratas
31 Pantano de los Mosquitos
32 Roca Cabrales
33 Desierto del Ráthara
34 Oasis del Camello Baboso
35 Cumbre Cumbrosa
36 Jungla Negra
37 Río Mosquito
38 Puerto Crostón
39 Puertorratón
40 Puerto Fétido
41 Puerto Asco
42 Ratonkfurt
43 Ratonia
44 Galeón de los Gatos Piratas

4
3
2
44
1
7
6
5
14
40
8
25
13
9
11
12
42
41
10
15
21
20
22
39
23
17
32
26
19
16
35
18
29
24
43
28
38
30
27
31
36
33
37
34

¿TE GUSTARÍA SER MIEMBRO DEL CLUB GERONIMO STILTON?

Sólo tienes que entrar en la página web www.clubgeronimostilton.es y darte de alta. De este modo, te convertirás en ratosocio/a y podré informarte de todas las novedades y de las promociones que pongamos en marcha.

¡PALABRA DE GERONIMO STILTON!

Geronimo Stilton